La foca

y la autoestima

José Morán - Ulises Wensell

susaeta

Texto: José Morán
Ilustraciones: Ulises Wensell
Diseño de cubierta: más!gráfica

© SUSAETA EDICIONES, S.A.
C/ Campezo, 13 - 28022 Madrid
Teléfono: 91 3009100
Fax: 91 3009118
www.susaeta.com

La foca

y la autoestima

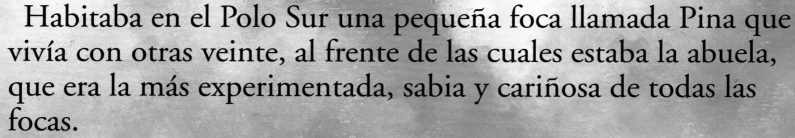

Habitaba en el Polo Sur una pequeña foca llamada Pina que vivía con otras veinte, al frente de las cuales estaba la abuela, que era la más experimentada, sabia y cariñosa de todas las focas.

—¡Venga, vamos a pescar!
Al grito de la abuela, todas se lanzaban al agua la mar de contentas. No corrían peligro, porque en aquella remota región rara vez aparecían los humanos para cazarlas.

Pina, como todas las focas, era una gran nadadora. Se lo pasaba de miedo en el agua jugando con sus amigas. Recorría grandes distancias buceando, pues era capaz de aguantar casi quince minutos sin salir a la superficie.

Y cuando sentía hambre, algo que sucedía con frecuencia, no había pez que se le resistiera. Podía seguir su rastro a muchos metros de distancia con asombrosa facilidad y luego zampárselo como si nada.

Algunas veces la abuela de Pina la acompañaba en sus
incursiones por las profundidades marinas.
    Era aquél un mundo fascinante, silencioso, oscuro y lleno de
encanto, habitado por plantas y animales extraños.

—¿Qué bichos son ésos, abuela?
—preguntaba Pina.
—Calamares. ¡Están buenísimos!
—¿Y ese otro?
—Un pulpo. También está
muy rico...

Pero Pina, a pesar de ser una buena foca, estaba un poco mal de la cabeza.
Y estaba un poco mal de la cabeza porque Pina era una foca a la que no le gustaba ser foca.

Cuando se miraba en el espejo del agua congelada, componía una mueca de disgusto y murmuraba para sí:
—Desde luego, las focas tenemos una pinta que no es normal. ¡Es como para salir corriendo!

Uno de esos días en que se estaba mirando y haciendo
muecas de disgusto frente al hielo que reflejaba su imagen, se
acercó a ella su abuela y le preguntó:
—Pina, ¿se puede saber qué te pasa?

—Pues me pasa —contestó ella con cara de
pocos amigos— que no me gusta un pelo
el aspecto que tenemos las focas: grandes bigotes,
ojos saltones, pies planos y michelines de
grasa que tiemblan
como flanes.

—Pero Pina —dijo su abuela—, no seas boba.
Cada animal es de una manera y tiene
sus cosas, unas mejores y otras peores.
—¡Puaj! —respondió Pina, nada convencida.

—Fíjate en las tortugas, tan lentas
—prosiguió la abuela—. O en los
ridículos andares de los pingüinos.
¡Y no digamos los peces!, que son
devorados a miles todos los días...
—¡Puaj! —repetía Pina,
inconsolable.

Nada, no había quien la convenciera de que las focas son como son y que eso no tiene nada de malo.

Tan molesta estaba Pina con su apariencia que un día le dio un arrebato y exclamó:

—¡Se acabó! ¡Ya estoy harta!

Y, sin consultarlo con nadie, arrancó un trocito de hielo, lo afiló, inclinó su rostro sobre el agua para verse bien, y sin mayores ceremonias... ¡se afeitó el bigote!

¡Menudo pitorreo tuvo que soportar Pina desde entonces!
—Pina, ¡estás como una cabra! —le decían sus amigas.
Se reían de ella porque tenía una pinta verdaderamente
extraña.

Pero eso no fue lo peor.
Lo peor fue que desde que se afeitó el bigote, no
era capaz de pescar ni un pez. No podía explicarse
por qué. Y era el hazmerreír de la pandilla.

Como era joven, Pina no sabía que, gracias a los bigotes, las focas son capaces de detectar a distancia las vibraciones de los peces cuando nadan, para poder así seguir su ruta.

—¡Buena la he hecho! —se lamentaba por su torpeza.

Todas las compañeras se portaron muy bien con ella. Le llevaban peces y moluscos suficientes para alimentarse y no perder la capa de grasa que la protegía del frío.

—Anda, come, que te vas a quedar esmirriada...

Durante todo ese tiempo, Pina lo pasó fatal. Se aburría un montón sin poder pescar. Y también se sentía como un bicho raro. Mucho más raro que antes, cuando se quejaba del aspecto de las focas.

Pero como no hay mal que cien años dure ni cuerpo que lo resista, por fin, un día, al contemplar su cabeza reflejada en el hielo, se dio cuenta llena de alegría de que ya asomaba otra vez su añorado bigote.

¡Qué feliz se sintió Pina!
—¡Abuela, ya me ha crecido el bigote, ya puedo pescar, ya soy una foca normal! —exclamó—. He aprendido la lección. Ya nunca volveré a quejarme de cómo somos las focas...

—Claro, querida —le respondió la abuela—. Todos cometemos errores. De los errores se aprende más que de los aciertos. Ahora ya sabes que la apariencia no es tan importante.
¡Venga, vamos a pescar!